PROTECTORAT DU TONKIN

PROVINCE DE LAO-KAY

LIVRET-GUIDE

DE LA

STATION D'ALTITUDE

DE

CHAPA

Publié sous le patronage du

SYNDICAT D'INITIATIVE DE CHAPA

MCMXXIV

COMPAGNIE FRANÇAISE DES CHEMINS DE FER DE L'INDOCHINE
ET DU YUNNAN

HORAIRE DES TRAINS

SECTION HAIPHONG — HANOI

GARES	1	3	5	7	GARES	2	4	6	8
Hanoi......	6 h 20	7 h 30	13 h 32	20 h 07	Haiphong..	6 h 26	—	13 h 40	20h 18
Gia Lâm ..	6 36	7 51	13 48	20 22	L'ai-Khé....	7 27	12 h 30	14 41	21 10
Lac-Dao...	7 12	8 51	14 25	20 58	Haiduong..	7 48	12 56	15 02	21 28
Haiduong..	8 14	10 39	15 28	21 52	Lac Dao ...	8 50	14 34	16 04	22 21
Lai Khé....	8 34	11 00	15 48	22 08	Gia-Lâm...	9 37	15 39	16 43	22 59
Haiphong..	9 33	—	16 49	23 00	Hanoi.....	9 51	15 55	16 58	23 13

SECTION HANOI — LAO-KAY

GARES	41	43	45	47	2001 (1)	GARES	42	44	46	18	2002 (1)
Hanoi	6h35	9h21	13h50	17h34	20h34	Lao-Kay....	—	—	6h30	—	20h35
Gia-Lâm...	6 53	9 52	14 11	17 53	20 51	Pho-Moi. .	—	—	6 39	—	20 43
Dong-Anh..	7 27	10 28	14 47	18 25	—	Pho-Lu...	—	—	7 48	—	21 44
Thap-Mieu	8 03	11 02	15 23	18 59	21 45	Bao-Ha....	—	—	8 42	—	22 34
Vinh-Yèn ..	8 34	11 28	15 53	19 23	22 08	Yèn-Bay....	—	6ho3	12 12	14h41	1 26
Viétri	9 18	12 07	16 33	19 56	22 44	Pho-tho....	—	7 54	13 58	16 12	3 02
Tièn-Kièn..	9 55	12 39	17 07	—	—	Tièn-Kièn.	—	8 10	14 13	16 29	—
Phu-Tho...	10 13	12 56	17 23	—	23 30	Viétri	6h30	8 52	14 51	17 25	3 54
Yèn-Bay ...	12 09	14 46	19 06	—	1 18	Vinh-Yèn ..	7 07	9 30	15 28	18 06	4 24
Bao-Ha ...	—	17 35	—	—	4 03	Thap-Mieu.	7 35	9 55	15 56	18 35	4 46
Pho-Lu ...	—	18 29	—	—	4 51	Dong-Anh..	8 14	10 30	16 30	19 13	—
Pho-Moi...	—	19 40	—	—	5 51	Gia-Lâm ...	8 49	11 03	17 05	19 48	5 43
Lao-Kay...	—	19 47	—	—	—	Hanoi.....	9 05	11 18	17 20	20 03	5 59

(1) Ces trains de nuit sont mis en marche une fois par semaine dans chaque sens, du 1er mai au 31 octobre.

Le train 2001 quitte Hanoi tous les vendredis et correspond pour les voyageurs allant au Yunnan avec le train 53 du samedi

Le train 2002 quitte Lao-Kay tous les lundis.

Chacun de ces trains comporte des voitures de 3 premières classes et une voiture couchettes. Le supplément pour utilisation d'une couchette est de 4 piastres Les billets et les places de couchettes peuvent être retenus à l'avance aux gares de Hanoi — Haiphong et Lao-Kay (Consulter le tarif).

LAOKAY. — Vue sur le Fleuve Rouge.

TARIFS VOYAGEURS

Billets simples.

DE HAIPHONG à ou inversement	HAI-DUONG	HANOI	DONG-ANH	THAP-MIEU	VINH-YÈN	VIÉTRI	PHU-THO	YÈNBAY	LAO-KAY
1re classe . . .	2 $ 25	5 $ 10	5 $ 60	6 $ 50	7 $ 25	8 $ 20	9 $ 50	12 $ 35	20 $ 87
2e classe . .	1 58	3 57	3 92	4 55	5 08	5 74	6 65	8 65	14 29
3e classe . . .	0 90	2 04	2 24	2 60	2 90	3 28	3 80	4 94	8 18

Billets aller-retour.

	HAI-DUONG	HANOI	DONG-ANH	THAP-MIEU	VINH-YÈN	VIÉTRI	PHU-THO	YÈNBAY	LAO-KAY
1re classe . . .	3 $ 38	7 $ 65	8 $ 40	9 $ 75	10 $ 88	12 $ 30	14 $ 25	18 $ 53	31 $ 31
2e classe . . .	2 37	5 36	5 88	6 83	7 62	8 61	9 98	12 98	21 44
3e classe . . .	1 35	3 06	3 36	3 90	4 35	4 92	5 70	7 41	12 27

La durée de validité des billets d'aller et retour est fixée comme suit :
Jusqu'à 100 kilomètres : 3 jours.

Au delà de 100 kilomètres et par 100 kilomètres ou fraction en excédent : 1 jour non compris les dimanches et jours fériés.

Au Yunnan : La durée de validité des billets A. R. est de 35 jours non compris les dimanches et jours fériés.

La durée de validité peut-être, à deux reprises, prolongée de moitié moyennant un supplément de 10 °/₀ du prix total du billet pour chaque prolongation.

EXCÉDENTS DE BAGAGES DES 3 PREMIÈRES CLASSES

DE HAIPHONG à ou inversement.	HAI-PHONG	HANOI	DONG-ANH	THAP-MIÈU	VINH-YÈN	VIÉ-TRI	PHU-THO	YÈN-BAY	LAO-KAY
Prix par tonne	7 $ 65	17 $ 34	19 $ 04	22 $ 10	24 $ 65	27 $ 88	32 $ 30	41 $ 99	68 $ 78

Les voyageurs des 3 premières classes ont droit au transport gratuit de 30 kilogrammes de bagages ; cette franchise est réduite à 10 kilogrammes pour les enfants payant demi-place ; elle ne s'applique pas aux enfants voyageant gratuitement.

TYPE DES VOITURES

Service automobile Laokay-Chapa.

SERVICE SUBVENTIONNÉ
DES TRANSPORTS PAR AUTOMOBILE
LAO-KAY — CHAPA

Entreprise : CHÉ-QUANG-AI.

Adresse télégraphique : CHÉ-QUANG-AI — CHAPA.

Le service fonctionne du 1ᵉʳ juin au 30 septembre.

Horaire quotidien. } Lao-kay à Chapa : Départ : 7 h. 30.
Chapa à Lao-kay : Départ : 14 h.

1° — Tarif voyageurs : 5 $ 00 par personne et par voyage entre Lao-kay et Chapa et vice-versa.

Les enfants de 3 à 7 ans paient 1/2 place.
Les enfants de moins de 3 ans, tenus sur les genoux sont transportés gratuitement.

2° — Tarif bagages : *a)* Bagages accompagnés (Maximum 30 kilos par voyageur) 0 $ 035 par kg. de Lao-kay à Chapa ou vice-versa avec minimum de perception fixé à 0 $ 70.

b) Bagages messageries : (Bagages ensus des 30 kg. de bagages accompagnés accordés à chaque voyageur) 0 $ 04 par kg. de Lao-kay à Chapa ou vice-versa.

Le transport des colis de poids unitaire inférieur à 30 kg. enregitrés ou non est assuré de la gare de Lao-kay au garage, (Rive droite) ou vice-versa moyennant une taxe de 0 $ 10 par colis.

Nous mettons une automobile de luxe à la disposition des MM. les Voyageurs qui désireraient se réserver une voiture spéciale.

Nous prions en ce cas MM. les Voyageurs de la retenir 24 heures d'avance par télégramme. Prix à forfait suivant le nombre de vogageurs et le poids des b gages.

NOTICE DESCRIPTIVE

STATION D'ALTITUDE DE CHAPA

La route qui conduit à Chapa ne présente aucune difficulté sérieuse et traverse des paysages fort séduisants. Elle est en grande partie en bordure de bois ou même en sous-bois. Aux deux tiers du chemin, elle passe dans une partie de forêt d'une beauté assez rare. Actuellement, le chemin refait à nouveau, élargi, sensiblement corrigé, garni de ponts sérieux, est parcouru incessamment. Il s'élève presque régulièrement jusqu'à Chapa et à Lo-Sui-Tong, à 1. 560 mètres d'altitude. Bien avant d'arriver, on jouit, entre 1. 200 et 1. 300 mètres, d'une douce température et de panoramas enchanteurs. Ce chemin n'est rude à aucun moment et jamais lassant parce que le paysage se renouvelle sans cesse, sans devenir insignifiant, grâce à des échappées toujours plus belles sur des parties montagneuses voisines, au-dessous de soi ou dans le lointain, en arrière vers Lao-Kay, grâce aux torrents qui bruissent et brillent, glissant dans les fonds les plus noirs, comme de la lumière liquide. Après un arrêt à Muong-Sen, où l'on peut déjeuner au bord même d'un torrent, on monte de plus en plus, sans grand effort, et environ une heure après l'arrêt, on se trouve dans la plus belle partie de la route, à l'abri du soleil. Quels beaux arbres ! Comme le torrent impressionne au-dessous de nous ! Que de ruisselets d'argent nous apportant la fraîcheur ! Quelle végétation !

Quoi, déjà une scierie mécanique ? Non, c'est un concert de cigales au cri tellement strident qu'à trois mètres de distance on ne s'entend plus parler.

Un peu avant l'arrivée, on est impressionné par la vue d'une belle chaîne de montagnes sombres dont le plus haut sommet, le Fan-Si-Pan, n'a pas moins de 3.142 mètres. Cette chaîne imposante constitue une ligne relativement régulière qui, de l'Est à l'Ouest, sur une longueur de cent kilomètres, élève ses sommets de 1.800 à 3.142 mètres, puis se maintient, jusqu'aux Aiguilles, à des hauteurs voisines. C'est en face de Lo-Sui-Tong, c'est à dire de Chapa, que se trouve le point culminant et la partie forestière la plus vaste et la plus sombre. Entre la crête du plateau de Chapa et le Fan-Si-Pan, la vallée se creuse avec une ampleur qui rappelle quelques unes des belles vallées des Pyrénées espagnoles.

Un coin de Chapa avec vue sur le Fan-Si-Pan.

Ce qui frappe à Chapa, outre la variété et la séduction des sites, c'est l'étendue des emplacements, la facilité de s'y installer sans grands efforts, sans frais exceptionnels de défrichements et de terrassements. Des bouquets de bois importants fourniront le bois nécessaire aux constructions et au chauffage et feront l'agrément de cette station. Le terrain est constitué en ondulations douces et courtes, sur des pentes opposées de telle manière que, presque sans terrassements, les futures habitations y trouveraient des assises toutes préparées, sans parler de la pierre, du sable, de la chaux, de la terre à briques. Toute une ville de plaisance peut être établie là sans que les maisons soient entassées, sans que la vue soit jamais barrée. Chacun y sera chez soi sans être gêné par son voisin. Les habitations contribueront à l'ornement du site, sans en détruire le charme. Je considère cette condition d'emplacement comme très importante et rarement remplie.

Le site, dans son ensemble, a de la grandeur et, dans ses détails, il comporte des vues charmantes. Il est imposant d'un côté : ravissant partout ailleurs.

A l'abri des typhons et même des orages — ceci est à noter —, Chapa est balayé par les vents, et les brouillards, s'ils y sont fréquents, n'y séjournent pas, contribuant à l'embellissement du Fan-Si-Pan par la façon dont ils l'enguirlandent et par les effets saisissants de lumière qu'ils provoquent à toute heure de la journée.

Les promenades seront nombreuses et très faciles, à pied ou à cheval et en chaise quand il faudra. On aura de grands sous bois à la portée du pied le plus mignon. Les ascensionnistes pourront satisfaire leur passion du toujours plus loin et plus haut. Les aéroplaneurs auront facilement une plate-forme d'atterrissage.

Les poids lourds y jouiront de la vue sans effort et se laisseront vivre béatement à l'abri des sangsues, des fourmis, des moustiques, des orages, des typhons et des tourbillons de neige.

La température est fraîche en été et l'hiver lui-même est très supportable à Chapa. Les pluies y sont fréquentes, mais jamais battantes ; elles surgissent et se dissipent rapidement.

Par les soins de M. Miéville, le thermomètre a déjà parlé et indiqué des extrêmes de o à 26 degrés, avec une moyenne de 16 degrés. Ce qui est appréciable, c'est qu'on n'y trouve pas de ses sautes violentes de température si fréquentes en montagne et même sur le plateau de Lang-Bian. L'écart entre les températures extrêmes de la journée est en général de 4 à 6 degrés, de 17 à 23.

Le climat de Chapa est donc moins vif que celui de Simla ou de Darjeeling, en raison de l'altitude plus basse et de l'absence de tous glaciers, de ces amoncellements de neige qui font de l'Himalaya une source débitant sans interruption des courants de froidure de grande vivacité.

Non seulement la mine florissante des Méos rassure sur les conditions hygéniques de Chapa, mais des Européens en ont déjà éprouvé les bienfaits

Pendant que le vent souffle, on dort profondément à Chapa.

Les Annamites en service à Chapa m'ont déclaré n'y avoir jamais eu la fièvre. Pour ma part, mes accès et mes maux de tête qui ne m'ont guère quitté à Yunnanfou, ont disparu dès mon arrivée. En huit jours, je n'ai pas pris de quinine une seule fois

Au matin dès l'aube, le spectacle est tout de suite grand au point d'arracher des cris d'amiration aigus et prolongés aux nombreux gibbons qui peuplent la forêt d'en face et viennent parfois excursionner sur le plateau de Lo-Sui-Tong.

Le gibbon doit avoir une âme poétique. Ce n'est pas lui qu'on surprendra à ronfler à la plus belle heure de la vie. Dès 5 heures, il est sur pattes si j'ose dire. Il ne se lasse pas de voir le soleil, l'appelle et le salue. Sur ce point, je me reconnais un peu gibbon et tendrais volontiers la main. — s'il s'y prêtait-à ce parent pauvre que j'estime pour l'exemple qu'il donne à l'humanité.

Gardien de la forêt, le gibbon en est aussi l'ornement et, au moindre trouble en devient le chef d'orchestre. Bien qu'il ait le bras long, son pouvoir est mince : il proteste, il crie mais il laisse faire et ses protestations s'éteignent dans des grognements cocasses, mais sans effet. Le gibbon n'a pas le génie de Darwin, de Quatrefages, de Milne-Edwards, de Brown-Séquard, — il n'en a que le facies favorisé et renfrogné.

Si la faune de Chapa ne paraît pas très riche, la flore y est variée et assez différente de celle à laquelle le Bas et le Moyen-Tonkin nous ont habitués. Les forêts y cachent beaucoup d'orchidées. Les mamelons herbeux sont parsemés de fleurs nombreuses parfois bien jolies, des orchidées dont une rappelle le Cypripedium.

Le tigre ne vient pas à cette hauteur et la panthère bien rarement. La meilleure preuve en est dans l'habitude de laisser dehors tous les animaux domestiques, sauf les volailles, et dans la circulation nocturne, constante, des habitants.

Pas d'ours, m'assure-t-on, pas de bovins sauvages ; mais des cerfs, des civettes, des blaireaux, des cailles et des perdrix, de quoi intéresser les chasseurs.

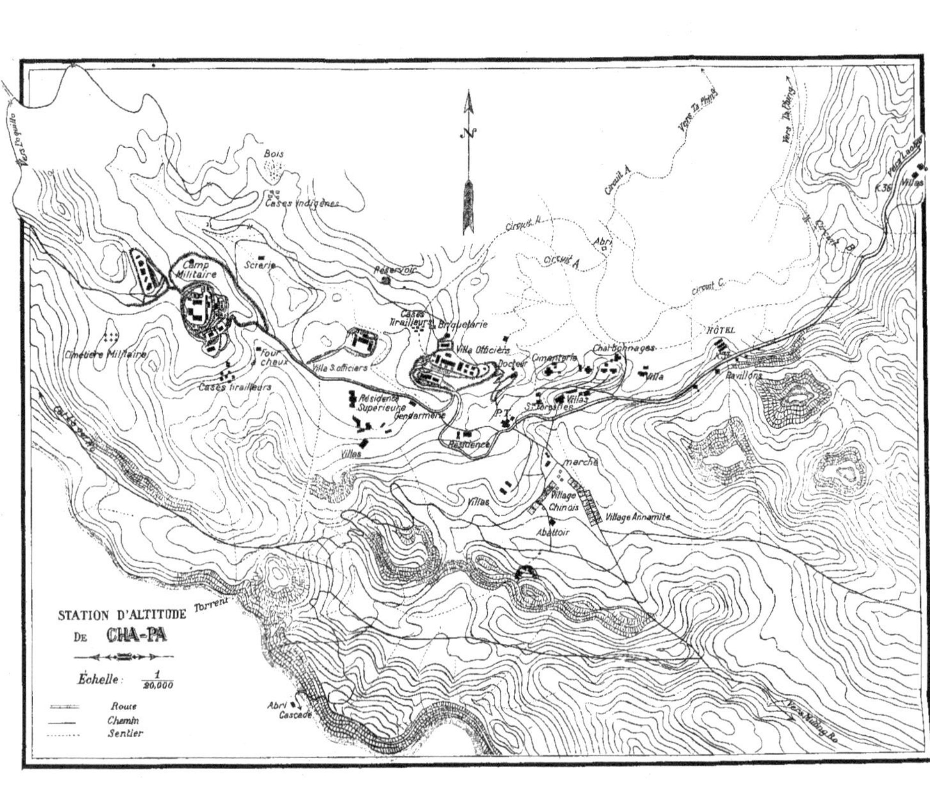
Bois
Cases indigènes
Camp Militaire
Scierie
Réservoir
Cases Tirailleurs
Briqueterie
Villa Officiers
Cimetière Militaire
Four à chaux
Villa S.officiers
Cases Tirailleurs
Docteur
Cimenterie
Charbonnages
HÔTEL
Résidence Supérieure
Gendarmerie
P.T.
S.forestier
Villa
Pavillons
Villas
Résidence
marché
Villas
Villas
Village Chinois
Village Annamite
Abattoir
Circuit A
Circuit B
Circuit A
Circuit C
Abri
Vers Ta Phinh
Vers Ta Phinh
Vers Lao Kay
K.36
Villas
Circuit B
Torrent
Abri
Cascade
Vers Nước Ro
STATION D'ALTITUDE
DE CHA-PA
Échelle : 1/20,000
Route
Chemin
Sentier

Le bambou est rare à Chapa, mais très abondant vers le premier tiers du Chemin. C'est un bambou femelle assez beau, très employé dans la construction. Des fougères arborescentes y apparaissent fréquemment.

La contrée est riche d'un bois débité en planche, fendu à la hache, servant à toute la construction et précieux pour la couverture, car il résite très longtemps au soleil et à l'humidité.

Tous les matériaux de construction se trouvent sous la main à Chapa.

En résumé, la facilité d'accès, le charme ininterrompu et grandissant de la route, la douceur de la température, le peu de violence des éléments, l'absence d'orages, de typhons, de moustiques, de sangsues terrestres et de fourmis, des vues séduisantes ou imposantes à profusion, le voisinage de sources d'une eau reconnue parfaite à l'analyse, une végétation abondante, une campagne toujours verte, de nombreux bouquets de bois, une immense forêt, une brise constante, une population douce, pacifique, des légumes frais en plein été, le voisinage d'une ligne de chemin de fer voilà de quoi retenir l'attention des amateurs de villégiature, des familles préoccupées de la santé de leurs bébés, voilà ce qui attirera à Chapa et ce qui met ce point en première place, en vue d'y fixer des résidences d'été.

Extrait de

Stations Sanitaires aux Indes et au Tonkin

par L. Hautefeuille.

PROMENADES

LA
CASCADE

Promenade d'environ 2 km. 500 à faire de préférence l'après-midi pour remonter à la fraîcheur du soir après le goûter de quatre heures. Route facile, en lacets, quelques escaliers avant d'arriver au fond de la vallée. Sur un pont rustique on franchit le Ngoi-Bo et on est immédiatement impressionné par une cascade d'une vingtaine de mètres de hauteur de chute, que produit en ce point un affluent de gauche du Ngoi-Bo.

Face à la cascade, un autre torrent sur la rive droite dévale de la montagne et vient se joindre également au Ngoi-Bo.

L'endroit est délicieusement frais. Le bruit des eaux tumultueuses du torrent retombant de rocher en rocher, auxquelles viennent se joindre la cascade de gauche et l'affluent de droite, couvre entièrement la voix.

Immédiatement en aval de ces deux confluents le Ngoi-Bo prend l'aspect d'un lac profond qui semble fermé à 30 mètre plus loin. Il n'en est rien et si l'on franchit sur un deuxième pont rustique le torrent de droite, on parvient à l'extrémité de cette sorte de lac. Une coupure existe dans les rochers qui semblaient l'enfermer, par laquelle s'échappe, en trombe, le Ngoi-Bo, pour retomber à sept mètres plus bas dans un gouffre aux arêtes rocheuses verticales. Deux mètres cubes d'eau à la seconde se précipitent dans ce gouffre, dans un vacarme étourdissant. Puis les eaux continuent leur cours tranquille dans des gorges abruptes aux parois rocheuses qu'on domine de 15 mètres de hauteur.

Le spectacle est grandiose et impressionnant Il peut supporter la comparaison avec tous ceux qu'offrent les gorges les plus renommées qu'on visite couramment en France. Une maison-abri a été édifié face à la cascade avec tables et bancs de repos.

LE CAMP
MILITAIRE

Environ 3 km. 500. Suivre la route qui mène au camp militaire en prenant toujours à gauche et en laissant sur sa droite la villa du Commandant d'Armes. Le Chemin tracé à flanc de coteau surplombe la vallée de Ngoi-Bo avec en face un merveilleux panorama sur le Fan-Si-Pan et le col d'Oquiho. Le

CHAPA. — La Cascade, partie inférieure.

chemin longe ensuite la canalisation d'eau à ciel ouvert et rejoint le sentier venant de la Scierie militaire. Au lieu de continuer sur le Col d'Oquiho, revenir à droite par le sentier qui, en contournant le camp sur la face Nord, vient aboutir à la Scierie, puis à la briqueterie militaire et à la Villa des Officiers.

⁂

LES CIRCUITS FORESTIERS Sont tous à proximité immédiate de la station, se continuent toujours en forêt et se croisent de façon à varier les promenades suivant le temps et le goût de chacun.

Circuit A. — Environ 5 km. 400 — Part derrière la Villa du Service Forestier et remonte vers le Nord pour arriver au point de croisement des circuits A et D où se trouve une paillotte-abri pour le cas de pluie. Continuer tout droit jusqu'au poteau guide qui indique d'un côté la direction de Taphing et de l'autre la direction de Chapa. Revenir le long du cours d'eau laisser à gauche le pont qui relie au circuit B. et continuer en passant derrière l'hôtel pour rejoindre le rond point central sur la grande route.

Circuit B. — A son point de départ sur la grande route (poteau indicateur) au kilomètre 36.500 environ ; il comporte une longueur d'environ 2.200 mètres. Au premier quart du chemin laisser à gauche le pont qui rejoint le circuit A et continuer en forêt le long du cours d'eau. Le sentier vous ramènera sur la grande route au kilomètre 35 environ où se trouve un autre poteau indicateur.

Circuit C. — Environ 1.800 mètres. Prend naissance au rond point central. Prendre le premier sentier à droite, continuer jusqu'au pont, traverser, prendre à droite pour venir aboutir sur la grande route au k m. 36.500 environ.

Circuit D. — Environ 1.400 mètres. S'amorce au rond point central, laisse à droite le circuit C, arrive au croisement des circuits A et D où se trouve une paillote abri pour la pluie. Continuer à gauche pour venir aboutir à la Villa des Officiers.

Circuit E. — Promenade d'environ 6 k m. — Le sentier qui a son point de départ derrière la Villa des Officiers rejoint le sentier forestier de Taphing. Revenir alors sur la droite pour retrouver les circuits précédents.

Tous ces circuits peuvent se faire en sens inverse ou se combiner entre eux pour allonger ou raccourcir la promenade.

EXCURSIONS

COL
D'OQUIHO (Altitude 1940 mètres) — Environ quinze kilomètres. Cette route a remplacé l'ancien chemin qui, après avoir longé le lit du torrent, abordait de front le col par un tracé presque inaccessible.

La nouvelle route, en augmentant légèrement le parcours arrive au col par une pente qui ne dépasse jamais 6 % après un parcours de près de 7 kilomètres en palier.

Les sites qu'elle traverse sont nombreux et variés. Le cirque qu'elle côtoie en longeant de hautes falaises calcaires, fermé au nord par l'imposante masse boisée du Ta-Yan-Pinh (2.600 m.) est particulièrement beau.

Mais l'attrait de cette promenade réside surtout dans les beautés naturelles que renferme la forêt. Les sept derniers kilomètres de la route offrent au regard des sous-bois remarquables. La forêt de haute futaie, composée d'essences très variées (chênes, chataigniers, Peu-mou, etc..). alterne avec des peuplements serrés de bambous épineux.

Par endroits des échappées permettent d'embrasser du regard toute la vallée du Ngoi-Bo ; la route est alors jalonnée de nombreux buissons de mûres et de framboises, fleurie d'orchidées et de bégonias aux clochettes roses.

Longeant constamment un profond ravin qu'elle laisse sur sa gauche la route franchit, dans les quatres derniers kilomètres, de nombreuses cascades qui se présentent toutes sous un aspect différent. La plus importante se trouve au 4ème kilomètre en forêt et n'a pas moins de 80 mètres de hauteur de chute, en plusieurs paliers. La route la franchit en un point où la cascade retombant, les eaux s'écoulent avec francas sur des dalles rocheuses en pente raide.

Sur les trois derniers kilomètres la route a été entièrement construite à coups de mine, dans une paroi rocheuse dont l'inclinaison atteint parfois 75° — Elle longe alors des ravins de grande profondeur, que les personnes craignant le vertige sondent difficilement du regard.

Un gîte d'étape confortable avec gardien, écurie pour les chevaux eau potable a été construit au col d'Oquiho. Les touristes trouveront là un lieu de repos, propice aux pique-niques avec un panorama superbe sur la Station de Chapa. Les plus entraînés pourront entre temps continuer au de-là et 4 kilomètres plus loin seront récompensés de leur effort par une vue superbe sur l'autre versant du col qui descend à pic sur la vallée du Ngoi-Gie et la région de Binh-Lu.

VALLÉE DE   Environ 8 kilomètres.
MUONG-HOA   Prendre la route qui prolonge la rue annamite du
                village indigène de Chapa.

Le Ngoi-Bo, à sa descente du massif du Fan-Si-Pan, coule d'abord dans des gorges très encaissés sur un parcours d'une quinzaine de kilomètres. Puis sa vallée s'élargit pour atteindre, vers Muong-Hoa, une largeur d'environ 3 kilomètres. Jusqu'à Ban-Yên et Muong-Bo, malgré qu'il soit coupé en différents endroits de bicfs très prononcés, le torrent impétueux qu'est le Ngoi-Bo prend alors souvent l'aspect d'une rivière paisible. Les petits villages Mèo et Tho situé sur ce parcours ont mis à profit l'élargissement de la vallée pour faire des rizières.

Le coup d'œil est agréable lorsque descendant de Chapa par le chemin dit « du signal » on débouche dans la vallée verte et riantes de Muong-Hoa. Le contraste est frappant entre ce site frais, calme et reposant, et les pentes raides et incultes qu'on a suivi pendant 7 kilomètres.

Les touristes trouveront à Muong-Hoa près de la maison du notable de l'endroit une paillotte abri. A remarquer sur la rivière près de-là un curieux pont suspendu en lianes de rotin où pourront s'avanturer les promeneurs exempts de vertige.

STATION AGRICOLE   Environ 8 kilomètres.
DE TAPHING   En quittant la Station, descendre la route
                de Lao-Kay jusqu'au poteau indicateur
(km. 33 environ) avant le « pont Japonais » ; le sentier franchit la rivière sur trois ponts se suivant et se continue à flanc de coteau jusqu'à la Station Agricole (ancienne concession Drouet).

L'excursion peut se prolonger au de-là par le sentier qni va rejoindre sur l'autre versant de la vallée la garderie forestière à Taphing. De la terrasse de la Station on jouit d'un panorama merveilleux sur toute la vallée de Taphing et les environs.

GARDERIE FORESTIÈRE   (Environ 17 kilomètres).
DE TAPHING   Cette excursion emprunte la branche
                Est ou Ouest de circuit forestier, puis
continue en suivant à flanc du coteau toutes les sinuosités qui se développent tout le long de la cuvette de Taphing sans jamais perdre de vue la route de Lao-Kay. Un agent indigène du Service Forestier habite la garderie où l'on peut se reposer et rejoindre par un sentier la Station Agricole. De même il est possible de revenir directement sur Chapa par le sentier mèo qui se dirige tout droit de la garderie sur Chapa, traverse la rivière par un gué et aboutit à la grande route au km. 35.

RENSEIGNEMENTS DIVERS

Communications. — Les communications avec le Delta sont assurées par la voie ferrée de la Compagnie du Yunnan jusque Laokay (train de nuit à l'aller et au retour pendant la saison estivale) et de Laokay à Chapa par un Service Automobile subventionné (Horaire et tarifs aux pages spéciales).

Hôtels. — Pour les militaires et leur famille (Officiers de réserve compris), le Service de Santé militaire a édifié une « Villa des Officiers » particulièrement bien comprise, avec pension complète et de nombreuses chambres des plus confortables. La saison 1925 a vu s'ouvrir de même la « Villa des Sous-Officiers.

Un hôtel civil (Hôtel du Domaine de Chapa) Jourlin propriétaire) comprend environ trente-cinq chambres et des pavillons indépendants. Pour tous renseignements s'y adresser.

Ressources. — On trouve chaque jour au marché de Chapa viande de porc et de bœuf, mouton tous les dimanches et pendant la saison légumes et fruits divers (pêches notamment) apportés par les Mèos des environs. Plusieurs magasins d'approvisionnement général sont ouverts. Tous les six jours a lieu un grand marché fréquenté par les populations voisines Thai, Mans et Mèos aux costumes si pittoresques ; c'est le rendez-vous des amateurs de photographie.

On peut trouver à Chapa de petits entrepreneurs annamites et chinois aussi bien pour la grosse construction que pour la menuiserie et le meuble.

Service médical. — Le Service médical est assuré du 1ᵉʳ juin au 1ᵉʳ Octobre par un Médecin militaire, chargé spécialement du service de la Station, avec consultation gratuite deux fois par semaine. Pour renseignements complémentaires, s'adresser au Commissariat de Police.

CHAPA. — La Villa des Officiers.

Postes et Télégraphes. — Un bureau de Postes et Télégraphes fonctionne toute l'année. Il est ouvert pendant la saison au service des mandats indochinois. Colis postaux jusque cinq kilos. Télégrammes et lettres sont distribués chaque jour à domicile pendant la saison.

Administration. — Un gendarme européen assisté de deux agents de police remplit les fonctions de Commissaire de police.

Chapa est le siège d'une division forestière à la tête de laquelle se trouve un conducteur des Forêts en Résidence à Chapa.

L'Administration indigène est représentée par un Châu-uy, un chef de village un chef de quartier annamite et un chef de quartier chinois.

Excursions. — Des chevaux avec selle, des chevaux porteurs et des chaises avec coolies porteurs peuvent être pris en location en s'adressant à l'avance à l'Hôtel Jourlin ou aux commerçants du village indigène. Tarif pour une journée : cinquante cents à une piastre. Les chevaux peuvent également se louer au mois mais sans selle.

Conseils. — Dans les premiers jours suivant l'arrivée prendre quelques comprimés de quinine pour combattre les troubles pouvant résulter du changemeut d'altitude.

Se munir pour la saison de solides souliers ferrés qui permettront des excursions et promenades en terrains variés. Ne pas négliger d'emporter quelques vêtements de laine car les matinées et les soirées sont toujours très fraîches. Le froid arrive presque aussitôt le coucher du soleil.

Cartes postales souvenirs. — S'adresser à l'Hôtel Jourlin et aux divers commerçants de Chapa. Pendant la saison, les femmes mans et méos apportent un choix de broderies, bijoux et costumes indigènes d'une rare et curieuse originalité.

Syndicat d'initiative de Chapa. — Un « Syndicat d'initiative de Chapa » a été fondé pour réunir et mettre en relations les différentes personnes s'intéressant au développement de la Station d'altitude. Pour adhésion et renseignements s'adresser au Président, M. Mathée à Haiphong.

LOTISSEMENT
DES TERRAINS DU CENTRE
DE CHAPA

Des emplacements propices à la construction, divisés en lots d'environ 2.5oo mètres carrés, avec communications faciles, situés en plein centre de la Station, sont à la disposition des amateurs. Concession gratuite en est faite par l'Administration sous réserve de construction dans un délai de deux années.

Pour tous renseignements complémentaires on est prié de s'adresser :

à Lao-kay : aux bureaux de la Résidence,
à Chapa : au Commissariat de Police
où le plan de lotissement et la règlementation en vigueur sont à la disposition du public.

Altitude 1.5oo mètres.

TRAINS DE NUIT. — HANOI - LAO-KAY

PENDANT LA SAISON ESTIVALE

SERVICE AUTOMOBILE SUBVENTIONNÉ

LAO-KAY - CHAPA - LAO-KAY

Imp. d'Extrême-Orient, Hanoi. — 8OJ8 — 1000.

www.ingramcontent.com/pod-product-compliance
Ingram Content Group UK Ltd.
Pitfield, Milton Keynes, MK11 3LW, UK
UKHW022342170726
13837UKWH00005BA/2361